Aiko
und die Wölfe des Zwielichts

2

Chiyori

Charaktere

Kuroto Inui

Kommt aus Italien und ist
Aikos Nachbar. Arbeitet für
die italienische Mafia.

Aiko Ookami

Eine Highschool-Schülerin
in Geldnöten. Um mit ihrer
Großmutter um die Runden
zu kommen, muss sie nach
der Schule arbeiten.

Makami

Ein weiteres Mafia-
mitglied. Auf Befehl
seines Bosses kam er
nach Japan.

Adolpho

Mafiaboss und Aikos
Vater. Hat noch eine
Rechnung mit Aikos
Mutter offen.

Towako

Aikos
geheimnis-
umwitterte
Mutter.

‖ Was bisher geschah ‖

Aiko muss irgendwie versuchen, die Schulden ihrer verschwundenen Mutter zurückzuhalen, und wird tagtäglich von Geldeintreibern drangsaliert. Eines Tages hilft ihr Inui, der aus Italien kommt und seit neulich ihr Nachbar ist. Er entpuppt sich allerdings auch als ein Mitglied der **Unterwelt**, das von Adolpho, dem Boss der italienischen **Mafia** und Aikos Vater, zu ihr geschickt wurde. Angeblich soll Inui nach Japan gekommen sein, um Aiko zu überwachen, doch sein eigentliches Ziel ist es, Adolpho zu entkommen. Dafür möchte er, dass Aiko seine neue **Herrin** wird.

Als Adolpho bewusst wird, dass Inui abtrünnig geworden ist, schickt er einen weiteren seiner Untergebenen, Makami, der Aiko mitnimmt. Dabei sagt er ihr, Inui sei kein Mensch: »Du darfst ihm nicht vertrauen. Ich bin hier, um dich vor ihm zu beschützen.« Makamis Worte verunsichern Aiko zutiefst und sie kann nicht einschätzen, ob sie der Wahrheit entsprechen. Seit sich die beiden **Wachhunde** um sie streiten, fühlt sie in ihrem Leben eine noch größere Unsicherheit. Plötzlich tauchen schon wieder Schuldeneintreiber auf! Doch dann kommt Inui, der sich in eine **Bestie** verwandelt hat, angestürmt und wirft sich dazwischen …

Aiko

und die Wölfe

des Zwielichts

Inhalt

5.

KAPITEL

Er oder ich?

Ich kann Inui aufhalten.

*höfliche, geschlechtsunabhängige Anrede

Entscheide dich, Aiko-san*.

Inui-
kun* ...

SCHMATZ

ZERR

Das
kann er
doch nicht
tun ...!

Ich darf das
nicht zulas-
sen ...

*Anrede für Jungen und jüngere Männer

Ich ent-
scheide
mich für
dich ...

... Makami-
san.

... brauche ich ein Zeichen für unseren Vertrag.

RUCK

Was ist das nur ...?

Passiert das gerade wirklich?

Er ist also ...

... auch kein Mensch ...

16

Mutter ...

... zu einer von zwei Seiten zählen.

Das ist ent-weder der Name des Tieres ...

... oder die Zahl, die für seinen Namen steht.

Inui-kun, du?!

Ist wieder alles in Ordnung?

Bin ich froh ...

Das ...

Das ist ja mein Zimmer ...

Ich ...

D...

Wie bin ich denn ...?

Wie lieb von dir, Ookami-san.

Hast du dir etwa Sorgen um mich gemacht?

Aber ...!!

Ookami-san.

Du bist ohnmächtig geworden.

Es tut mir leid, dass du das mitansehen musstest.

SCHAUDER

Ich hab mich um ihn gekümmert.

Du hast was?!

Keine Angst, er lebt noch ...

Das ist es nicht!

Ich meine, du hast mich vor ...

... diesem ...

Was ist aus diesem Typen geworden ...?

Du hast dich für Makami entschieden.

SCHRECK

Inui-kun
...!

TSCHILP
TSCHILP

ZWITSCHER

Was?

War
das nur ein
Traum ...?

TSCHILP

Unser Nachbar ist da, um dich abzuholen.

!

...

Oh!

Aiko-chan*, endlich bist du wach.

*verniedlichende Anrede für kleine Kinder, gute Freunde und enge Verwandte

Inui-kun!

KLACK

Inui-kun ...?

Zum Glück!

Er ist
weg.

Was
ist mit
Inui-kun?

Makami-
san ...?

Du
hier ...?

Was?

»Du hast
dich für Makami
entschieden.«

Aiko-
san ...

»Lebe
wohl, Ooka-
mi-san.«

Von heute an ...

... werde ich an deiner Seite sein.

Ich ...

Wohin ist Inui-kun ge-gangen ...?

Warte mal ...

Hm?

Wieso denn ...

... das?

Na ja, genau wie er ...

... brauche auch ich dich zum Leben.

STREICH

Da ist er nicht der Einzige ...

Mich brauchen ...?

Du und Inui-kun müsst euch irren!

Was kann ich denn ...?

Du bist etwas Besonderes, Aiko-san.

Etwas Besonders ...?

STREICH

Bitte
...

... lass
mich dir
dienen.

Wieso
ich ...?

Hier ist
Vernunft
gefragt.

Die Zahl deutet auf einen Menschen.

Kluge Menschen tun gut daran, sich über die Bedeutung der **Zahl des Tieres** Gedanken zu machen.

Außerdem ist diese Zahl ...

Inui!

666

44

»Du bist etwas Besonderes, Aiko-san.«

Was meinst du denn damit ...?

Entschuldigung ...

RUCK

SCHOCK

Ich hab ein Einschreiben für Sie.

Ähm ...

Es tut mir leid, Sie stören zu müssen ...

Ja!

Hier, bitte.

Und nochmals Entschuldigung!

Was war das denn für ein Theater?

Hmm ...

Frau Aiko Ookami

Wer schickt mir denn ein Einschreiben ...?

Einfaches Einschreib...

Absender: Kuroto Inui

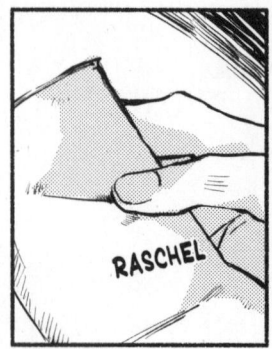

RASCHEL

Was ...?

Inui-kun ...?!

*ca. 73.000 Euro

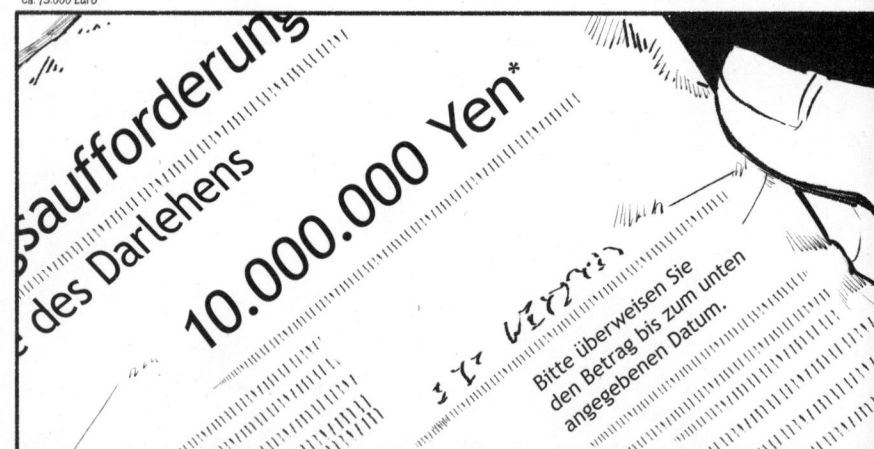

...saufforderung
... des Darlehens
10.000.000 Yen*

Bitte überweisen Sie den Betrag bis zum unten angegebenen Datum.

Von Adolpho hat er das nicht.

Wo kommt es dann her ...?

Was?

Nein ...

Ich sollte damit meine anderen Schulden zurückzahlen.

I... Inui-kun hat das Geld von Adolpho-san geliehen.

Und glaub ihm bloß kein Wort.

Du solltest nicht darauf reagieren.

Das ist egal, aber das gehört zu seinem Plan.

...

Inui-
kun ...

Aber
er ...

›Du hast dich
für Makami
entschieden.‹

Dieses
Zeichen des
Vertrags ...

Makami-
san ...

Ich habe
bestimmt seine
Gefühle ver-
letzt.

Es ...

Ich musste zwar Invis Aufmerksamkeit auf mich ziehen, aber mich einem Mädchen gegenüber so rücksichtslos und aufdringlich zu verhalten, ist einfach ...!!

... tut mir leid!

Nein, ist schon gut.

Ich hab dich doch darum gebeten ...

Außerdem war das ...

Aiko-chan? Du bist noch hier?

Du musst doch in die Schule!

Ich habe dein Obento* fertig.

Stimmt ja! Ich komm zu spät!

Ah!

*Lunchbox

*jap. Mafia

TUSCHEL

FLÜSTER

Wieder so ein Gerede ...

Inui-kun ...

...

...

Du und Inui-kun esst gern Süßes, oder?

Weil du doch neulich die Erd-beersahnetorte bestellt hast.

Vielen Dank für das Essen!

Nimm dir ruhig auch eins von den Onigiri*.

Schöne Auszeit ...

*gefülltes Reisbällchen

Du ...

Das von vorhin ...

Du meintest, dass ich besonders bin ...

Kannst du mir etwas erklären?

Ich hoffe, die Frage stört dich nicht beim Essen, aber ...

... Makami-san?

Und ...

Adolpho ging es genauso wie dir.

Ich wusste bis vor Kurzem nicht einmal von ihm.

Warum ist Adolpho auf einmal hinter mir her?

Aber jemand hat es ihm verra-ten. Und das war ...

Dein Aufenthalts-ort war die ganze Zeit ein großes Geheimnis.

Meine Mutter ...?

Damit wollte dich deine Mutter nur vor ihm be-schützen ...

Es kommt immer wieder vor, dass er verraten wird.

Nein ...

Leider ist Adolpho nicht so schwach.

Ist ...

... Adolpho deswegen wütend auf ihn ...?

Ich gehe davon aus, dass Inui sich das zunutze machen will.

Es geht um deine Mutter und ihr Verschwinden.

Der Grund, warum er dich haben will, ist viel tiefgreifender.

Towako.

Was ist zwischen den beiden denn vorgefallen ...?

... darf ich dir nicht sagen.

Das ...

Aber ...

Das wüsste ich auch gern.

Meine Mutter ... Wo ist sie jetzt?

Wie ...?

KRCHZZ

Aiko Ookami aus der Klasse 2-3 wird gebeten ...

Ich wiederhole: Aiko Ookami aus der Klasse 2-3 wird gebeten ...

... sich umgehend im Lehrerzimmer zu melden.

Aah!

Makami-san, was wolltest du ...?

Irgendetwas ist mit deiner Großmutter.

Schon gut. Beeil dich lieber.

Was?

Doch nicht etwa ...?

GEFASST

Ich werde ja leider auch nicht jünger ...

Es geht schon. Es war nur eine falsche Bewegung.

Oh, Makami-san ist ja auch mitgekommen ...

Wie geht es dir, Oma?

Ich schlage vor, dass wir sie eine Woche lang zur Beobachtung hierbehalten.

Sie ist nur etwas anämisch und zeigt Anzeichen von Erschöpfung.

Meine liebe Oma ...

Ist gut ...

Vielen Dank, Doktor.

»Ich bin nicht stark genug. Ich sollte sie besser in Inuis Hände geben.«

Inui!!

Ei, ei, ei ...!

Was bist du nur für ein armseliges Hündchen ...?!

Er wird sie dir weg-nehmen.

Und du willst das stillschweigend mitansehen?

Makami-san.

Ich möchte dir für den heutigen Tag danken.

Gute Nacht.

Also dann ...

Ähm ...

Warte ...

Bitte bleib bei mir.

Ich bin
genauso
wie Inui.

Ich bin
anders
als er ...

Ich bin
draußen.

Ruf mich,
falls was sein
sollte.

BATAMM

Ver-
stehe ...

Es wird nie mehr so wie früher sein.

Nein ...

Seit meine Mutter ver- schwunden ist ...

... gab es für uns keinen ruhigen Tag mehr.

Aber ...

... obwohl wir Ausgestoßene sind ...
KLACK
... war zumindest einer immer nett zu uns. Unser Nachbar.
Aiko-san ...
Was ist ...?
»Liebe ...
... deinen Nächsten wie dich selbst.«

7.

KAPITEL

Als ich zwölf Jahre alt war, verschwand meine Mutter. Sie ließ ...

... meine Oma und mich mit einem Berg von Schulden zurück.

BAMM

BAMM

Guten Abeeend, Ookami-saaan!

Ookami-san!

BAMM

BAMM

BAMM

Seitdem werden wir ständig von Schulden- eintreibern drangsaliert.

Bitte nicht so laut! Sie stören die Nachbarn!

Ach, echt?! Sind wir tatsächlich ganz umsonst herge- kommen?!

Die Rate für diesen Mo- nat habe ich doch über- wiesen!

... mit meiner Nach- barin?

Nein, nein. Es scheint sich hier nur um einen Irrtum zu handeln. Dann erwarten wir die Zahlung im nächsten Monat ...

Aiko-san.

... Ookami-san.

Tschüss!

Hm?

Wenn man sich Mühe gibt, kann man alles schaffen! Ich bleib dran!

Makami-san!

Hast du das gesehen? Diese Typen haben den Schwanz eingezogen und sind abgehauen!

Ja.

Nächstes Mal geb ich's denen so richtig!

Diese Typen ...

Hmpf!

Sag Bescheid, wenn du mich brauchst.

Bezahl deine Schulden

Aiko-san, übertreib es nicht.

Mein netter Nachbar hat es mir verraten.

Ich bin gleich nebenan.

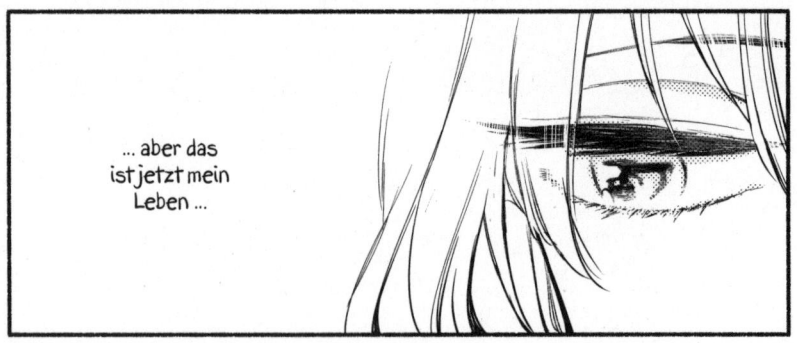

Draußen wartet wieder jemand auf dich.

Ich beneide dich!

Ookami-san.

Mist, es hat angefangen zu regnen.

Schluss für heute!

Mit welchem bist du zusammen? Was, etwa mit keinem?

Ähm ...

Hm?

Und, welcher ist dein Favorit?

Kommt der Schwarzhaarige von neulich denn gar nicht mehr her?

Also ...

Muss ich mich denn ...

Hä? Wieso denn?

Halt dich besser fern von Ookami-san.

Hör doch auf mit damit.

Auf wen fällt deine Wahl?

Ich diene dir, also mach dir keine Gedanken darüber.

Weil ich den für dich hergebracht hab.

Hey!

Wieso hast du den denn nicht benutzt?

Schnell, ein Handtuch!

PRASSEL

Du ...

... Makami-san?

Ob wir jemals einfach nur Freunde sein können?

HATSCHI

?

Ach ...

Nichts ...

»Bitte arrangiere ein Treffen mit meinem Vater.«

Das war vor drei Tagen.

Komm auch mit drunter, du bist schon nass genug.

Aber seitdem hat er nichts gesagt.

Ich werde ...

Und Geld für die Reise nach Italien hab ich auch nicht.

... sowieso nichts tun können. Auch ein Treffen mit meinem Vater wird nichts daran ändern.

Sah dein Leben immer so wie jetzt aus?

Makami-san, kennst du meine Mutter gut?

Nein!

Kein bisschen!

Neues vom Nachbarschaftsrat »Vogel«

Treffen der Naturfreunde

Neues Zuhause für Welpen 🐾 gesucht!

Katze gesucht!

Ich habe früher Towako gedient.

Also ...

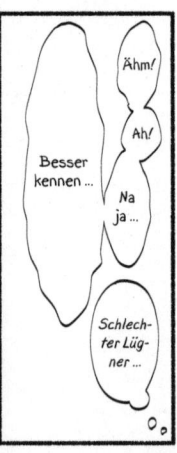

Ähm!

Ah!

Besser kennen ...

Na ja ...

Schlechter Lügner ...

Wie?

Meiner Mutter?

»Ohne Ookami-san kannst du doch nicht zu deinem ...

... ehemaligen Herrn zurückzukehren, oder, Makami?«

Hm, Inui-kun hatte da mal so was erwähnt ...

Ja ...

Meine ehemalige Herrin ...

PRASSEL

... Towako hat mich verstoßen.

Das ist die ganze Geschichte.

Und Adolpho hat mich aufgenommen.

Aiko-san, ich will ehrlich zu dir sein ...

Ich glaube nicht, dass ich in der Lage bin, dich vor ihm zu beschützen.

Wenn er mir den Befehl ...

... geben würde, dann ...

... würde ich dich sicher töten.

So ein schrecklicher Mensch ist er.

Er würde diesen Befehl ohne mit der Wimper zu zucken aussprechen.

Und deshalb werde ich ...

Er bezeichnet ...

... meinen Vater als »schrecklich«.

Und meine Mutter hat ihn verstoßen.

Mit Inui-kun ist es nicht anders.

Sie beide leiden unter meinen Eltern.

Gibt es denn gar nichts, das ich tun kann ...?

PRASSEL

Was
hast du?

Aiko-
san?

ZUCK

Ach
...

Nichts
...

PRASSEL

Er kann
sich ihm
auch nicht
widerset-
zen ...

... ergeht
Inui-kun
genauso
wie dir,
nicht
wahr?

Makami-
san ...

Es ...

Stimmt.
Es tut mir leid.
Wieso entschuldigst du dich?
Du kannst doch nichts dafür.
Nicht wahr?

KNIRSCH

Aber das hast du sicher längst gerochen.

... sondern nur Towakos Dienerin.

Ich bin kein übernatürliches Wesen ...

... doch eine Demütigung sein, so ein junges Gör zu bewachen.

Im Übrigen muss es für einen Hundegott ...

Aber letztlich bist und bleibst du nur sein Schoßhündchen.

Ich werde dir verraten ...

... wie das Recht eines Herrn erlangt werden kann.

!

...?!

シュ
ヒュ
シュ
ン

Hi hi
hi!
♥

Man
braucht
dafür das
Blut einer
Jungfrau.

Nutze
deine
Attrakti-
vität.

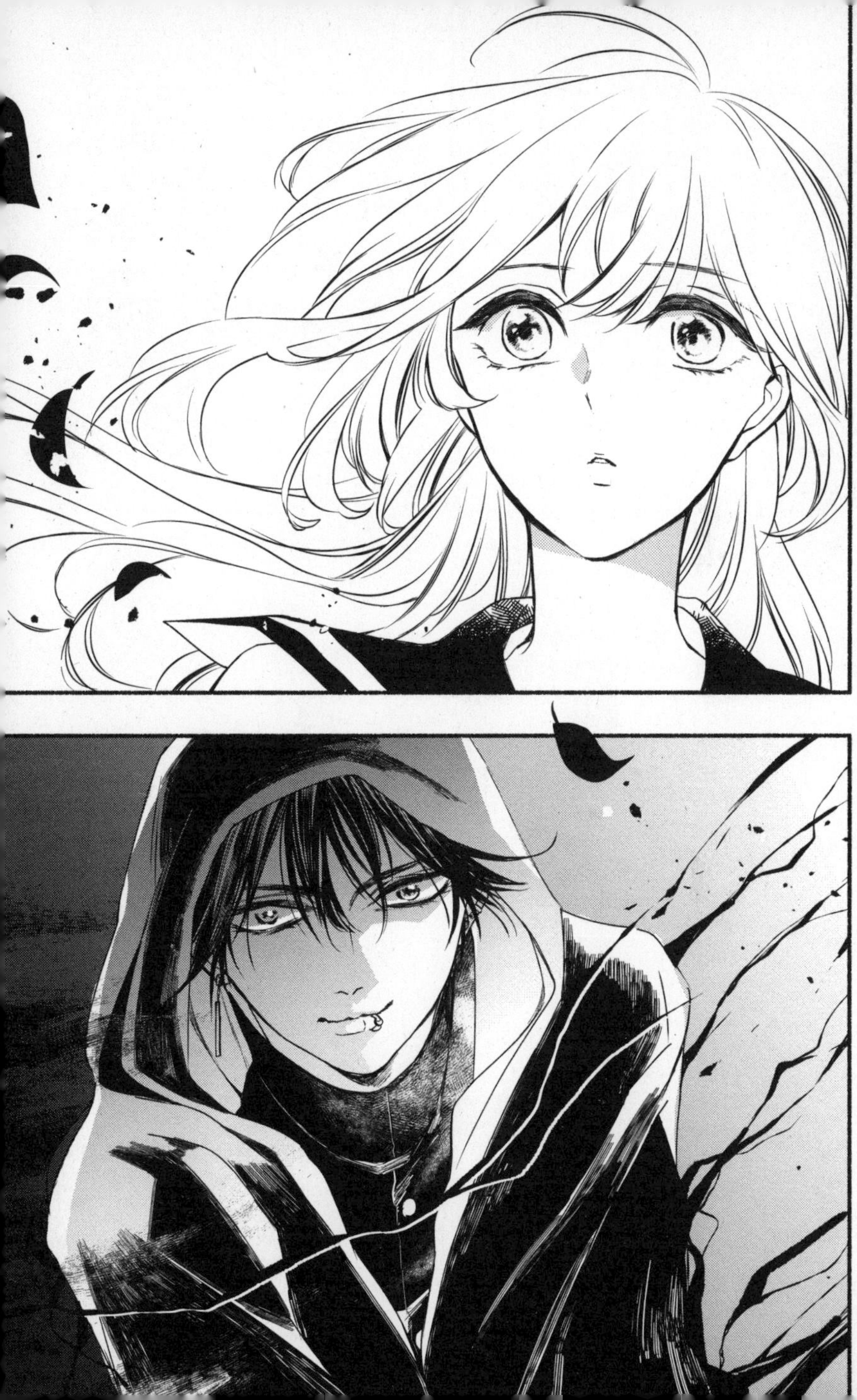

Beim Sex ...

... er- neuert sich der Vertrag.

Aiko-san!

Wo bist du?

Aiko-san ...!

TOMP

Inui-kun...

Ich kann meinen Vater nicht umbringen.

Das könnte ich niemals tun.

... musst du es nur ...

... etwas anderes tun kann, egal was ...

Wenn ich also ...

Ich möchte euch beiden so gern helfen.

... ob es nicht einen anderen Weg gibt.

Deshalb überlege ich ...

Wie?

ZUCK

Es ist ganz einfach, Ookami-san.

Solang es legal ist...

Äh! Ja.

Du er-innerst dich doch noch ...

... an unser Ge-bot, oder?

Liebe mich.

Du tust wirklich alles?

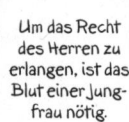

Um das Recht
des Herren zu
erlangen, ist das
Blut einer Jung-
frau nötig.

»Aber in deinen
Adern fließt Adol-
phpos Blut. Daher
bist du die Einzige,
die neben ihm das
Recht hat, unsere
Herrin zu sein.«

Das ist
der Vertrag
der ersten
Nacht.

Ookami-
san ...

Liebe
mich.

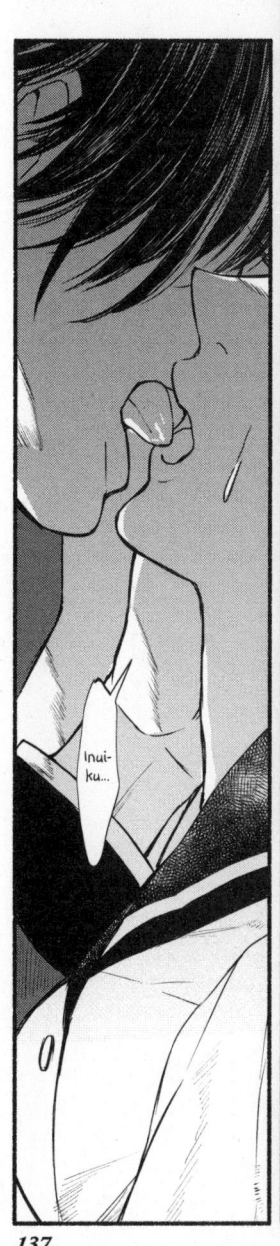

Inui-ku...

Ich will deine Jungfräulichkeit.

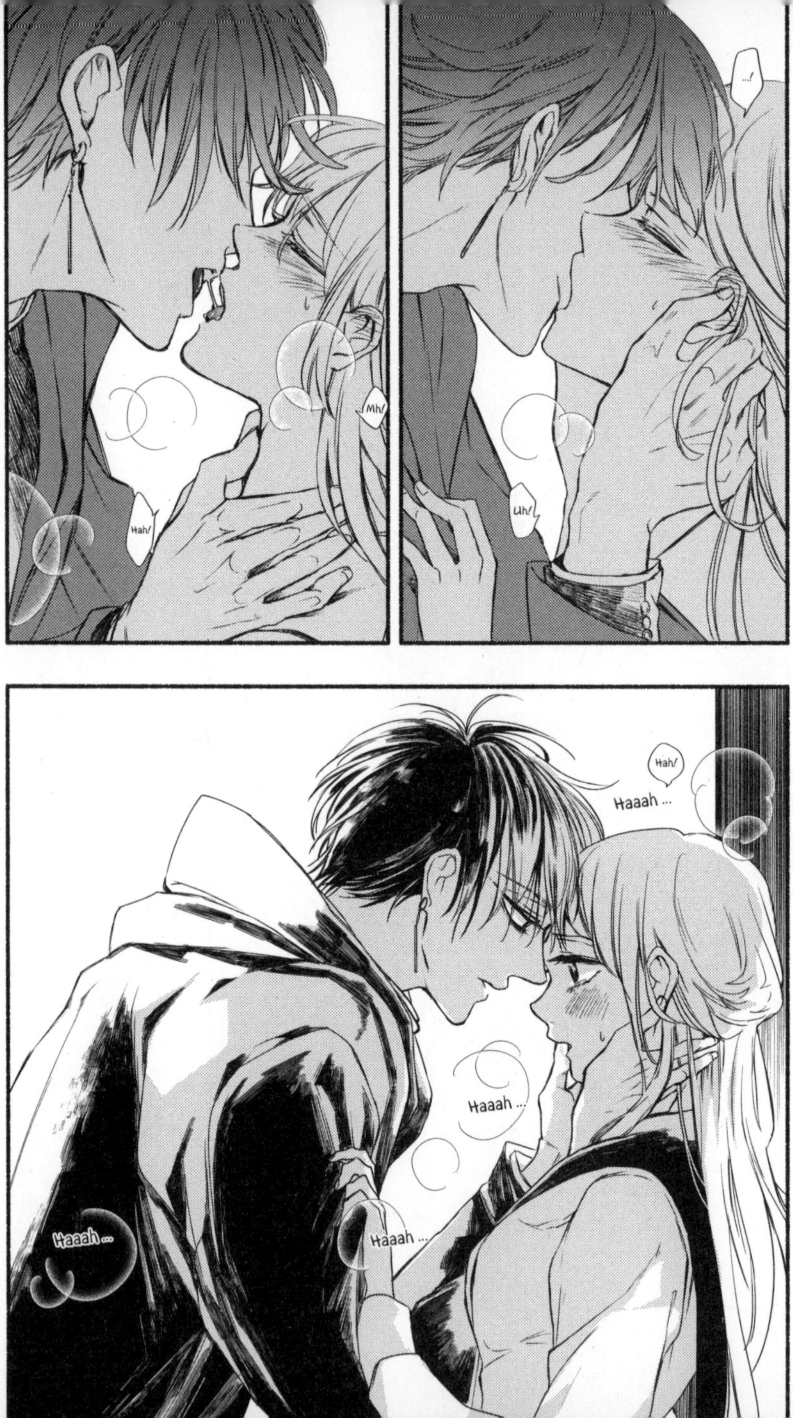
...!
Uh!
Mh!
Hah!
Hah!
Haaah ...
Haaah ...
Haaah ...
Haaah ...

War...
Warte doch mal ...
Was ...?
Was ist los?
Inui-kun ...
Ich möchte dich festhalten.
Bitte akzeptiere mich ...
... Ookami-san.

Wenn ich dein Erster bin, werde ich frei sein.

... ein neuer Vertrag geschlossen.

... wird wegen der Jungfräulichkeit ...

KLIMPER

Durch den Sex mit jemandem von reinem Blut ...

Was meint er damit?

Ein Vertrag des Blutes.

... die sich mein Vater zunutze macht ...

Wenn du mir ...

... deine Jungfräulichkeit schenkst, geht das **Recht des Herren** an dich über.

Adolpho

Makami-san erzählte mir von der Kraft ...

Ich möchte ihm nicht wieder wehtun wie neulich.

»Lebe wohl, Ookami-san.«

Nun ja ...

Ich ...

Aber ...

... die Liebe, von der er redet ...

Ganz egal, ob es dabei um einen Vertrag geht ...

... ist doch rein körperlich.

... das
Herz ...

...

... dass ich
dich vor so
eine Wahl
stelle.

Verzeih
mir, Ooka-
mi-san ...

Ich werde
dich zu nichts
zwingen.

Lassen
wir das.

Die
Entschei-
dung ...

Na
ja ...

Deinen
Vater
töten ...

... oder
mich
akzep-
tieren.

... über mein Schicksal liegt in deinen Händen.

Ich ...

Liebst du mich denn?

Inui-kun ...

Meine Entscheidung ...

I...

WUFF!

Ist
das ...

... Liebe?

... als in meine
Entscheidung
zu vertrauen.

Ich kann
nichts anderes
tun ...

Ruf Makami zurück.

SCHNAUF

KEUCH

KEUCH

... Aiko-
san.

Da bist
du ja wie-
der ...

Ach ...

Ist okay.

Gestern ...

Ich ...

Makami-san ...

Also ...

Es tut mir leid, dass ich ohne ein Wort verschwunden bin.

Wo ist Inui?

Wo ist er?

Ich kann es riechen.

Sag nichts.

Du musst wissen, es war meine Entscheidung.

Makami-san ...

Es war völlig unnötig, dieses Opfer zu bringen!

!

Gefühle!

Da ist überhaupt nichts dabei. Und außerdem ...

Das macht doch jeder ...

Opfer? Jetzt übertreibst du aber.

Was soll das?!

Werd ja nicht handgreiflich.

Du verdammter ...!

Inui!

Ookami-san hat sich letzten Endes für mich entschieden.

Ich hab gewonnen.

Makami ...

BAH

DOSCH

DOFF

Inui-kun ...!

Vor Adolpho? Das packst du doch gar nicht.

Und mit leeren Händen kann ich eh nicht dort aufkreuzen.

Dann mach dich zurück in die Hölle!

Ich werde Aiko-san beschützen!

... Was meinst du ...?

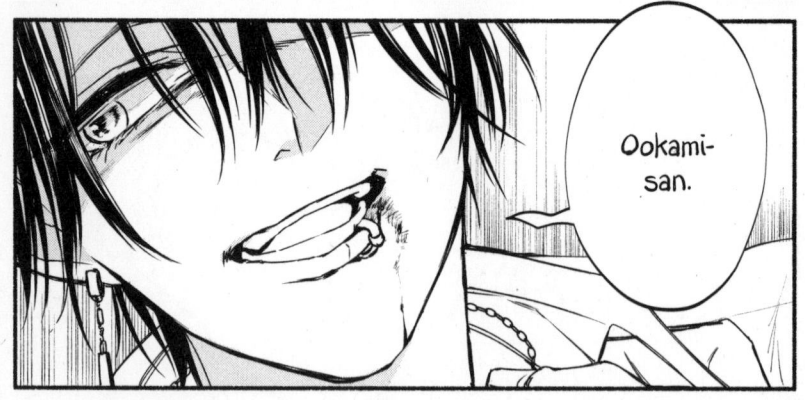

Ookami-san.

Magst du
Granatäpfel?

Ähm,
okay ...

Alles klar,
dann essen
wir demnächst
einen zusam-
men.

Hab
...

... ich
noch
nie
pro-
biert.

Also ...

Was?

Gra-
nat-
äpfel?

»Ookami-
san gehört
mir.«

Wusstest du,
dass Granat-
äpfel wie Men-
schenfleisch
schmecken?

Was?

»Ich werde sie mit in die Hölle nehmen!«

BATAMM

Wie wird es nun weiter- gehen?

Inui- kun ...

Erste-Hilfe-Ka

Sie ist nur zur Beobachtung dort, oder?

Wird Tokiko-san nicht morgen aus dem Krankenhaus entlassen?

Ähm ... Ja.

Mit leckerem Essen und vor allem Kuchen.

Dann sollten wir doch feiern, dass es ihr wieder gut geht.

Oma? Ja, das stimmt. Aber wieso ...?

Er wirkt auf einmal so glücklich ...

Also abgemacht!

Ich freu mich drauf.

Freut er sich so darüber, endlich frei zu sein ...?

Ist noch was von dem Geld da, dass ich dir geliehen hab?

Ehe ich's vergesse, Ookami-san ...

Dieses Geld habe ich nicht durch ehrliche Arbeit verdient.

So was könnte ich nicht tun.

Wie-so?

Du wolltest damit doch deine Schulden zurückzahlen.

Es ist hier im Wandschrank.

Ja, ich hab es nicht angerührt.

Du
bist ...

... richtig gut
darin, ein erbärm-
liches Leben zu
führen.

Das
macht
mich fast
schon
wütend.

Wütend
...?!

Zahlungsaufforderung

Höhe des Darlehens

10 000 000 Yen

BAMM

Ja,
aber ...

Das
kannst
du ge-
trost
verges-
sen.

Zu dem
Zeitpunkt hast
du noch nicht
mir gehört.

Ach,
das ...

Du hast mir
doch das hier
geschickt!!

Das hat
mir zu
viel Angst
einge-
jagt!!

Dir gehört ...?

Geld. Und die Liebe auch.

Beides sind letztlich nur Mittel, um jemanden an sich zu binden.

Es ist wie ein Halsband.

DOFF

Na ja ...

Du bist nun meine echte Herrin geworden.

Mach mit dem Geld, was du willst.

Alles von mir ...

... werde
ich dir
geben.

Inui-
kun ...

Ich fühle mich, ehrlich gesagt, kein bisschen wie deine Herrin.

... da möchte ich auch dich unterstützen.

Du hast mir so sehr geholfen ...

Hör mal ...

Ich will dich nicht auf dieselbe Weise an mich binden, wie mein Vater es getan hat.

Ich bitte dich um Hilfe.

... bevor du nach Hause gehst.

... eine Bitte an dich ...

Aber ich habe ...

Hilf Makami-san.

ZUCK

Dazu musst du mir deine Kraft leihen.

... meiner Mutter, zurück-bringen.

Ich möchte ihn gern zu seiner früheren Herrin ...

Ist das zu viel verlangt, Inui-kun ...?

...

Ist das ein Befehl?

Mach dich bereit!

Ja.

Tu es!

Puuh!

Aber ich kann mich meiner Herrin nicht widersetzen.

Das stinkt mich an.

Aber ...

Ist
schon
gut.

Ich liebe
diese Seite
an dir.

Im selben
Maße, wie du
mich liebst ...

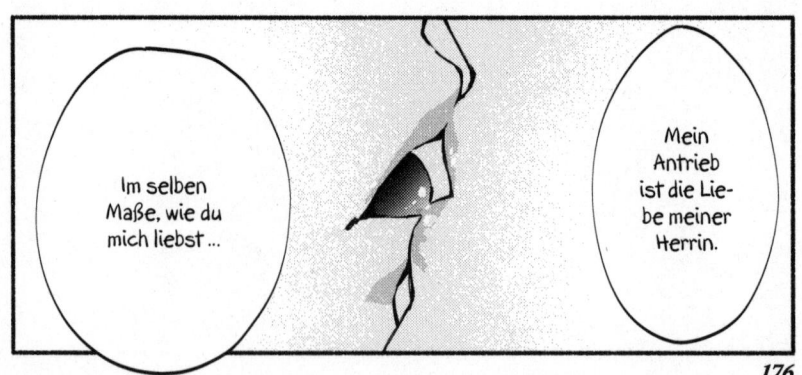

Mein
Antrieb
ist die Lie-
be meiner
Herrin.

Mit
Liebe und Ver-
antwortung ...

... werde
auch ich
dich lie-
ben.

... muss ich es
bis zum Ende
durchziehen.

BAND 2 / ENDE

Ookami-san, lass uns auf ein Date gehen!

Hmm, ein Date ...?

?!

Ja, genau!

BUMM

BUBUMM

Da wir ja in Japan sind, muss es natürlich ein Sommerfest sein.

Ookami-san, du siehst richtig süß aus!

MURMEL

Was sagst du?

D... Danke. Du aber auch, Inui-kun ...

MURMEL

Hm?

Mit dir, Ookami-san.

Ich wollte mich einfach nur amüsieren.

Wie bist du auf einmal auf diese Idee gekommen, Inui-kun?

Wir haben uns schon durch so vieles durchprobiert.

KICHER

Dito.

Es war wunderschön!

BUMM

BUBUMM

Du, Inui-kun ...

!

... hatte ich die einfachen Freuden des Lebens schon fast vergessen ...

Weil ich so viel arbeite ...

Kann es sein, dass er es meinetwegen wollte?

... sind wie ein echtes Liebespaar, nicht wahr?

Wir beide ...

Ich ...

I...

Ich muss kurz zur Toilette.

Ja! Ist doch gleich da drüben!!

Kommst du allein klar?

Ich schwitze auf einmal so ...

ERRÖT

Lie...?!

Liebespaar ...

... dass ich ganz allein mit Inui-kun unterwegs bin.

Ich kann noch nicht glauben ...

Irgendwie ist mir das peinlich!

Ich hatte tatsächlich ein Date!

Da hatten wir also die ganze Zeit ein Anhängsel ...

Inui!

Was führst du im Schilde?

Was hast du mit Aiko-san vor?
Was willst du mir unterstellen?
Ich hab lediglich vor, mein Versprechen zu halten.
Mein ...
... einstiges Versprechen an Towako ...
BONUSKAPITEL / ENDE

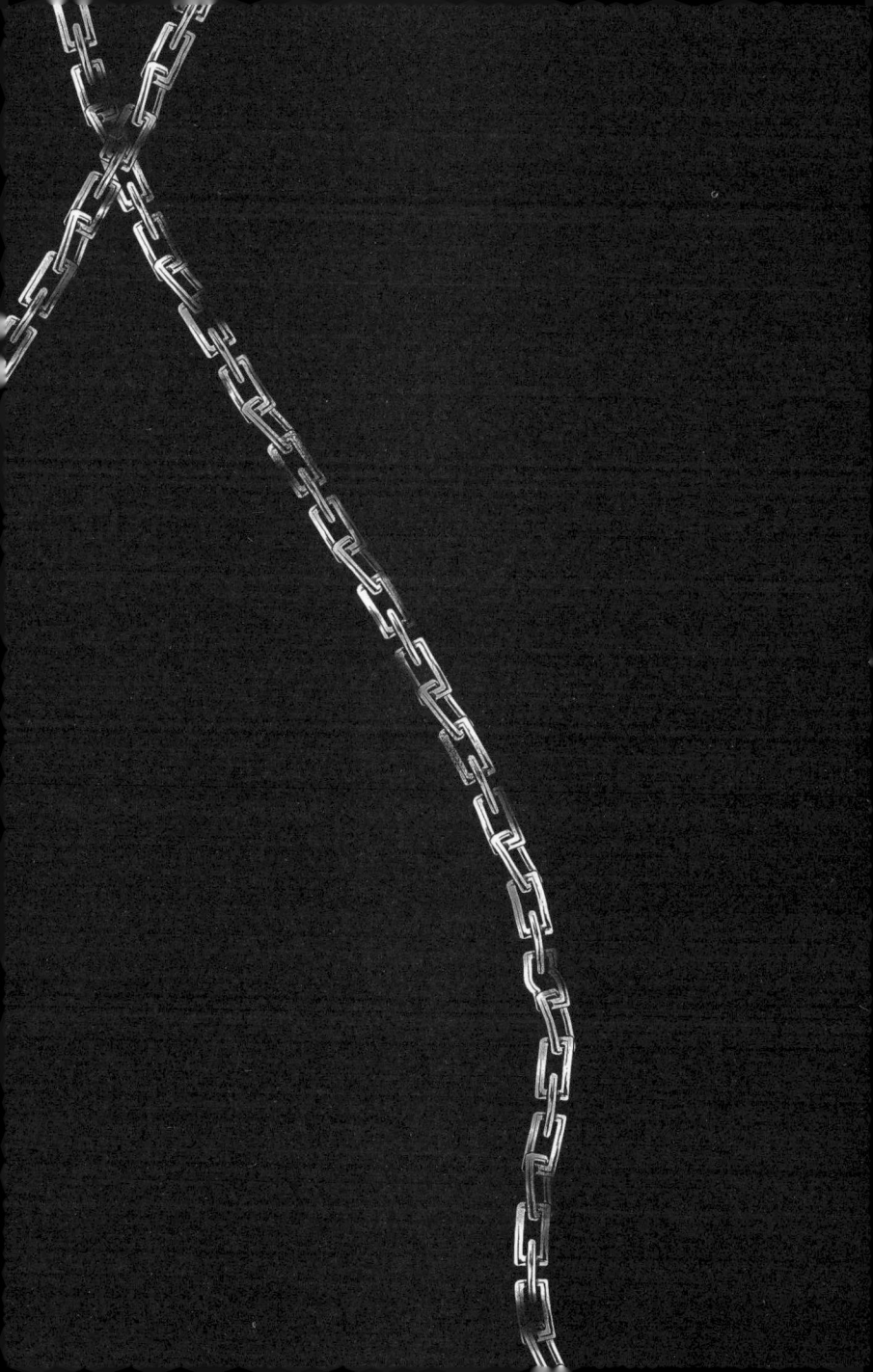

CHIYORI

Chiyori wurde am 22. Dezember im Sternzeichen Steinbock geboren und hat Blutgruppe A. Sie mag es, Vögel zu beobachten und trinkt gern Kaffee. Stark gewürztes Essen verträgt sie nicht. Die Künstlerin debütierte mit der Geschichte *Antwortsuche nach der Schule**. Momentan ist sie in den Shogakukan-Magazinen *Betsucomi, Deluxe Betsucomi, BETSUCOMI FLOWER* sowie *&FLOWER* aktiv.

Ich mag es echt gern, wenn Gesichter von einer Maske oder etwas anderem verdeckt werden. Der Grundgedanke, warum Inui und Makami eine Maske tragen, war übrigens der, dass ihre Nasen extrem sensibel sind. Darauf bin ich letztlich aber nicht weiter eingegangen. Ha ha!

*Zusatzkapitel in *Ein wirklich schlimmer Sommer*

TOKYOPOP GmbH
Hamburg

TOKYOPOP
1. Auflage, 2023
Deutsche Ausgabe/German Edition
© TOKYOPOP GmbH, Hamburg 2023
Aus dem Japanischen von Mareen Sickel

AI TO KEMONO TO JUKKAI TO Vol. 2
by CHIYORI
© 2021 CHIYORI
All rights reserved.
Original Japanese edition published by SHOGAKUKAN.
German translation rights in Germany, Austria, Liechtenstein
and German speaking area in the Switzerland, Belgium,
Italy and Luxembourg arranged with SHOGAKUKAN
through VME PLB SAS.
Original cover design: norico mashico (mameco)

Redaktion: Benjamin Spinrath
Lettering: Vibrant Publishing Studio
Herstellung: Alina Kronenberg
Druck und buchbinderische Verarbeitung:
CPI--Clausen & Bosse GmbH, Leck
Printed in Germany

MIX
Papier
FSC® C083411

Wir achten auf die Umwelt.
Dieses Produkt besteht aus FSC®-zertifizierten
und anderen kontrollierten Materialien.

ISBN 978-3-8420-8115-4

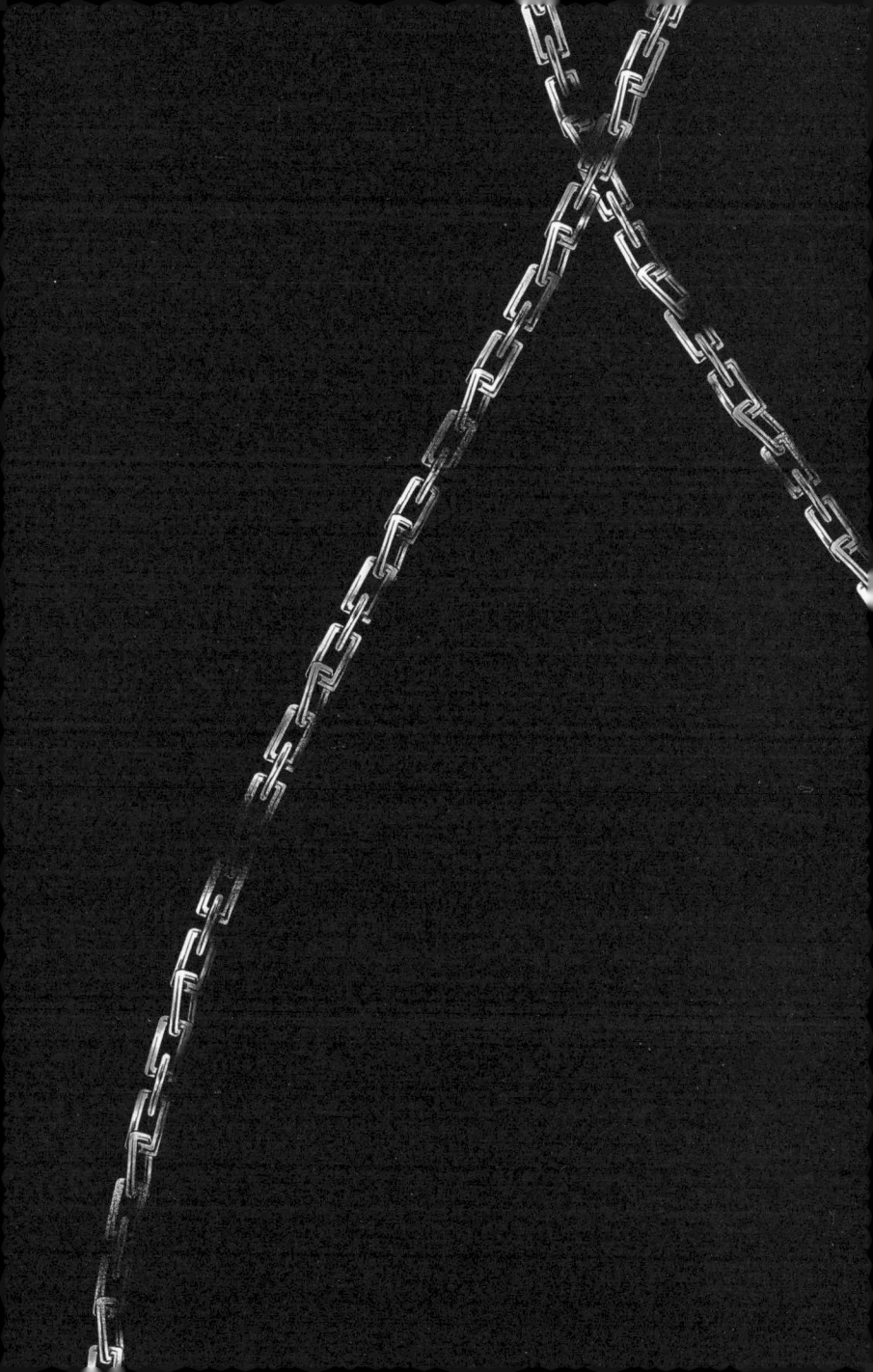

DIE FUCHSHOCHZEIT

Chiyori

»Ich möchte dich noch einmal in jener Nacht treffen.«

In einer magischen Sommernacht begegnet Tsukiko einem Fuchs in Menschengestalt, der sie auf ein geheimes Fest im Wald entführt. Sie gibt ihm den Namen Gin und das Versprechen, einander wiederzusehen. Tsukiko wird das Gefühl nicht los, Gin von früher zu kennen, und in ihrem Herzen nimmt die Erinnerung an eine schicksalhafte Begegnung immer mehr Gestalt an …

www.tokyopop.de

EIN BITTERSÜSSER WINTER
Chiyori

»Bleib bei mir bis zum Ende dieser Welt!«

Yukino und Shinomiya sind schon lange Sitznachbarn, wechseln aber erst ein Wort miteinander, als sich ihre Mitschüler über das Ende der Welt unterhalten. Wie sich herausstellt, würden beide ihre letzten Stunden gern mit einem geliebten Menschen verbringen. Gerade als sie Interesse und später auch Gefühle füreinander entwickeln, droht das Schicksal Shinomiyas Leben grundlegend zu verändern ...

www.tokyopop.de

STOPP!

**Dies ist die letzte Seite des Buches!
Du willst dir doch nicht den Spaß verderben
und das Ende zuerst lesen, oder?**

Um die Geschichte unverfälscht und original-
getreu mitverfolgen zu können, musst du es
wie die Japaner machen und von rechts nach
links lesen. Deshalb schnell das Buch um-
drehen und loslegen!

So geht's:

Wenn dies das erste Mal sein
sollte, dass du einen Manga
in den Händen hältst, kann dir
die Grafik helfen, dich zurecht-
zufinden: Fang einfach oben
rechts an zu lesen und arbeite
dich nach unten links vor.
Viel Spaß dabei wünscht dir
TOKYOPOP®!